Pirate Joka

ÉDITIONS DE MORTAGNE

Données de catalogage avant publication (Canada)
Pirate Jokarie (Le monde de Tire-Bouchon)
Pour enfants de 3 à 7 ans.
ISBN : 978-2-89074-766-1
I. Tremblay, Annie, 1970- . Bouchard, Sophie, 1974- . II. Titre. III. Collection : Monde de Tire-Bouchon.
PS8603.O924P57 2008   PS9603.O924P57 2008   jC843'.6   C2008-940340-1

Édition
Les Éditions de Mortagne
Case postale 116
Boucherville, Qc
J4B 5E6

Distribution
Tél. : 450 641-2387
Téléc. : 450 655-6092
Courriel : info@editionsdemortagne.com

Dépôt légal
Bibliothèque nationale du Canada
Bibliothèque nationale du Québec
Bibliothèque Nationale de France
3e trimestre 2008

ISBN : 978-2-89074-766-1
1 2 3 4 5 - 08 - 12 11 10 09 08
Imprimé en Chine

Nous reconnaissons l'aide financière du gouvernement du Canada
par l'entremise du Programme d'aide au développement de l'industrie
de l'édition (PADIÉ) et celle du gouvernement du Québec par l'entremise
de la Société de développement des entreprises culturelles (SODEC)
pour nos activités d'édition. Gouvernement du Québec –
Programme de crédit d'impôt pour l'édition de livres – Gestion SODEC.

Membre de l'Association nationale des éditeurs de livres (ANEL)

ASSOCIATION NATIONALE **DES ÉDITEURS DE LIVRES**

Pirate Jokarie

Illustrations :
Sophie Bouchard
Texte, concept et graphisme :
Annie Tremblay Sophie Bouchard

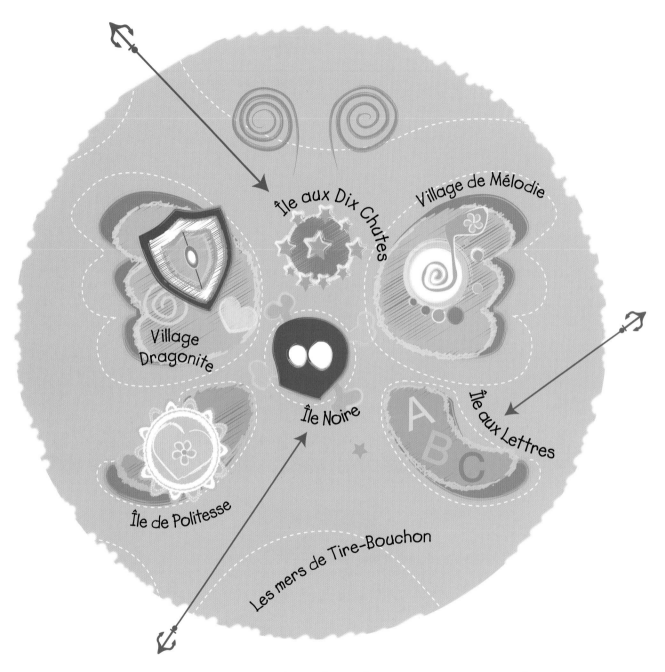

Île aux Dix Chutes

Village de Mélodie

Village Dragonite

Île Noire

Île aux Lettres

Île de Politesse

Les mers de Tire-Bouchon

Bienvenue dans le monde de Tire-Bouchon, un univers enchanteur créé par les Croquillons, des papillons géants qui habitent très haut dans le ciel, juste au-dessus des nuages.

Bonjour, moussaillon !
Je m'appelle Jokarie.
Je suis la courageuse pirate
de Tire-Bouchon.
Mon ami Wasabi la girafe et moi
naviguons sur mon bateau, toujours
en quête de nouvelles terres à découvrir.
Depuis de nombreuses années,
de vilains pirates écumaient les mers
à la recherche du grand trésor
des îles de Tire-Bouchon...
Un jour, ce trésor a bien failli tomber
entre les mains d'un de ces filous, mais...

Écoute bien cette aventure...

C'était un soir de violente tempête.
Les eaux se déchaînaient. D'énormes vagues
secouaient mon bateau dans tous les sens.
Le ciel, chargé de nuages menaçants
et zébré d'éclairs éblouissants,
ne laissait paraître ni lune ni étoiles.

Il régnait une noirceur d'encre,
à faire peur au plus brave des pirates !

Wasabi était vigie, ce soir-là.
Grimpé dans le nid de pie, il s'agrippait tant bien que mal
afin de ne pas tomber dans l'eau infestée de requins.
À cause de l'épais brouillard qui nous aveuglait tous,
il ne s'est pas rendu compte qu'un bateau ennemi
s'approchait de notre navire...

Le matin suivant,
je suis montée sur le pont du bateau
pour faire mes exercices. Tout à coup,
quelque chose attira mon attention...
Le parapluie de Wasabi était planté dans le grand mât !
Un message était inscrit à l'intérieur du parapluie
et son manche cachait une carte au trésor...
Voici ce qui était écrit :

J'ai été enlevé par le capitaine DIABOLO...
Il veut la carte au trésor...
Je te la confie. Toi seule peux m'aider...
Grâce aux énigmes, trouve la formule magique...
Elle fera apparaître le trésor...
À l'aide du trésor, tu pourras me délivrer...
Tu n'as que deux jours pour y parvenir,
sinon je serai condamné à...
LA PLANCHE AUX REQUINS !!!

4

Quel malheur !
Sans attendre, j'ai rassemblé l'équipage sur
le pont. Il fallait faire vite !
Deux jours seulement...
– Équipage, à vos postes ! Jacoste, lève l'ancre.
Frimousse et Muse de Pirate, hissez les voiles !

Nous partons en mission : il faut sauver Wasabi !

Nous avons navigué pendant de longues heures
avant d'atteindre l'Île aux Dix Chutes,
première escale indiquée sur la carte au trésor.
Tandis que je tenais la barre,
les matelots s'entraînaient à combattre à l'épée.
– Il faudra nous montrer très braves
pour délivrer Wasabi de ces ÉCUMEURS DES MERS.
Allons, moussaillons, persévérez !

Dès que nous avons accosté,
la carte s'est mise à s'agiter dans tous les sens.
Je l'ai déroulée et, soudain,
une première énigme est apparue :

Dans le lagon

De l'eau qui bouge...

Saute sur le bedon

Du crocodile rouge...

– Ah non ! Moi qui ai si peur des crocodiles !!!
– Tu dois être courageuse, Jokarie.
N'oublie pas Wasabi,
me rappela doucement Jacoste.

J'ai marché très, très longtemps
avant d'apercevoir les dix chutes.
Elles étaient gigantesques ! C'était magnifique...
Mais lorsque j'aperçus, au pied des chutes,
ces énormes crocodiles, j'ai eu la frousse.
J'ai fermé les yeux, rassemblé tout mon courage et...

BONG !

Je sautai sur le bedon du crocodile rouge.
Il ouvrit sa gueule et cria :

MISTIK CARACHIK !

Voilà ! J'avais en main la première partie
de la formule magique.

Nous sommes retournés
à toute vitesse sur le bateau.
Comme nous l'indiquait la carte au trésor,
nous avons pris la direction de l'Île aux Lettres.
– Moussaillons ! Regardez comme cette île est étrange...
Des lettres poussent dans les arbres !
Dès que nous avons accosté,
la carte s'est de nouveau agitée dans tous les sens.
Je l'ai déroulée et, soudain, une deuxième énigme est apparue :

Dans les arbres poussent

Des lettres limes...

N'aie pas la frousse,

Grimpe à la cime...

– Ah non ! Moi qui ai si peur des hauteurs !!!
– Tu dois être courageuse, Jokarie.
N'oublie pas Wasabi,
me dit gentiment Frimousse.

Je me suis donc approchée
de cette drôle de forêt. Je me demandais
comment j'allais faire pour grimper si haut.
En me frottant le bout du nez,
j'ai eu une excellente idée.
Mes moussaillons allaient me faire la courte échelle !
Je n'avais vraiment pas envie de monter si haut,
mais j'ai rassemblé tout mon courage et...

HOP ! HOP ! HOP !

J'ai cueilli les lettres limes au sommet des grands arbres.
En les plaçant l'une derrière l'autre,
ces lettres formaient les mots suivants :

COURTOIS MINOIS !

Voilà ! J'avais en main la deuxième partie
de la formule magique.

Après toute cette agitation,
nous avons fait une pause bien méritée...
Le lendemain matin, nous avons repris la mer
et navigué jusqu'à l'Île Noire,
comme l'indiquait la carte au trésor.
Même vue de loin, l'île donnait la chair de poule.
Dès que nous avons accosté, la carte s'est une fois de plus
agitée dans tous les sens. Je l'ai déroulée et, soudain,
une dernière énigme est apparue :

Dans la noirceur,
Des dizaines d'araignées...
Cours, n'aie pas peur,
Jusqu'à l'arbre illuminé...

– Ah non ! Moi qui ai si peur de la noirceur !!!
– Tu dois être courageuse, Jokarie !
N'oublie pas Wasabi, répliqua
calmement Muse de Pirate.

M'encourageant à voix basse,
je me suis avancée lentement dans le noir...
C'était très effrayant !
À un certain moment, j'ai senti une présence.
– Qui est là ? murmurai-je d'une toute petite voix.
Quand je vis, dans l'obscurité, des dizaines
d'araignées poilues avec des yeux énormes,
j'ai eu envie de faire demi-tour.
Mais j'ai rassemblé tout mon courage et...

Ah ! Ah ! Ah ! Ah !

J'ai couru, couru, couru pour m'échapper.
Puis, sans prévenir, une lumière se mit à scintiller au loin.
Les araignées qui me poursuivaient se sont brusquement
arrêtées, comme hypnotisées, et ont crié à l'unisson :

ARBRE MAGIQUE, TRANSFORME-TOI !

Voilà ! J'avais en main la dernière partie
de la formule magique.

La reine des araignées
s'est approchée de moi et a dit :
– Pirate Jokarie, tu as fait preuve
d'un grand courage pour atteindre cet arbre.
Tu as en main toute la formule magique.
Place-toi face à l'arbre et récite cette formule...
Un trésor t'attend.
J'ai aussitôt fait ce qu'elle m'avait dit.

– MISTIK CARACHIK ! COURTOIS MINOIS !
ARBRE MAGIQUE, TRANSFORME–TOI !

La terre s'est mise à trembler et l'arbre géant
s'est transformé en une minuscule poupée.
– Cette poupée s'appelle Gri-Gri.
Elle a de grands pouvoirs. Glisse-la précieusement
sous ton oreiller avant de dormir.
Puis formule le vœu le plus cher à ton cœur.
À ton réveil, Gri-Gri aura exaucé
ton souhait, m'expliqua la reine
des araignées.

En allant au lit ce soir-là,
épuisée par cette dangereuse mission,
j'ai suivi les conseils de la reine des araignées.
J'ai fermé les yeux et murmuré juste avant de m'endormir :

— Je souhaite que le méchant pirate Diabolo

rende immédiatement sa liberté à mon ami Wasabi.

Quelle ne fut pas ma surprise lorsque, à mon réveil,
j'ai vu Wasabi ouvrir la porte de ma cabine en criant :

— Merci, Jokarie, merci !
Je savais que tu serais courageuse!

Pour récompenser
ma grande bravoure,
Wasabi et mon équipage m'ont construit

un navire vraiment unique.
Il est reconnaissable entre tous
grâce à sa figure de proue :
on voit mon petit Gri-Gri regardant haut vers le ciel.
Depuis ce jour, sur les grands océans,
tous les pirates se tiennent tranquilles
de peur de rencontrer...

Jokarie !
La courageuse pirate des mers de Tire-Bouchon
et son Gri-Gri magique !

Les questions de Wasabi

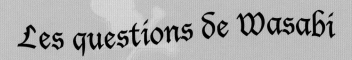

✗ 1. Qu'est-ce qu'un nid de pie ?

✗ 2. Que m'arrivera-t-il si je suis condamné à la planche aux requins ?

✗ 3. Quelles sont les 3 grandes peurs de Pirate Jokarie ?

✗ 4. Quel autre nom peut-on donner à « écumeurs des mers » ?

1. Un poste d'observation dans le haut d'un mât.
2. Je serai jeté à la mer, puis mangé par les requins !
3. Les crocodiles, les hauteurs et la noirceur.
4. Un pirate.

Cours la chance de recevoir un appel
de Pirate Jokarie pour ta fête !!!

Rends-toi sur mon site Internet, sous l'onglet ANIMATION.
Remplis le formulaire de participation
puis envoie-le à mon château.

www.tirebouchon.ca

Tire-Bouchon
Les productions

Dans la même collection :

Princesse Sonatine

Chevalier Fredoux

Princesse Merci

**Mes premiers
chefs-d'œuvre**

Quelle belle aventure !
Merci à tous.

Annie et Sophie